青空、のち自由。

森水 唯
MORIMIZU Yui

文芸社

冷めた関係

日曜日の午後のことだった。すっと足がすくむような、体じゅうの血が引いていくような感覚。どうして気づかなかったのだろう。心臓の鼓動だけが響く。隣の部屋では子供たちの楽しそうに遊ぶ声が聞こえていた。

故郷ははるか遠くにあり、私は今ひとりなのだ。この世でたった独りなのだと思った。

しずかに部屋を後にして、ドアを閉めた。子供たちのところへ行く。

いつものように、いつもと同じ顔で、いつもと同じトーンで、

「買い物に行くよ」

と言う。

車を走らせながら考える。どうしようか。

何の罪もない子供たち。このことは一旦、ひとり自分の胸にしまうことにする。

ぼんやりとしたまま買い物を済ませ、いつも通りの道のりで家へ帰る。夕食の支度を済ませると夫が帰ってくる。私は何事もなかったかのように普通に対応する。そうすることしか今はできない。でもその日から私の世界の景色が変わった。


その出来事の何か月か前、ふと鏡を見ることがあった。

いつもは鏡をゆっくり見る時間などなかった。三十歳を越えてからは子育てに明け暮れる日々だった。その中で母を亡くし、二人目の子を産んだ後は産後うつにも悩まされた。走り続けてようやく少し落ち着いて、立ち止まってみた時私は三十八歳になっていた。

二人の幼い息子の母であった。それでもまだ自分では三十代前半の頃の若さを保っているつもりではあったが、その鏡の中の自分には老いの影があった。

はっきりと意識したと同時期に、夫に女の影をなぜか直感で感じていた。

そうしてこの日曜日の午後、忘れて出掛けた夫の携帯電話を見つけることになる。

いけないと思いながらもメールＢＯＸを開いてしまう。心臓の鼓動が痛いほど鳴る。

見つけたのは女に送った愛のメールだった。

その相手は私も一度会ったことのある人だった。夫よりも一回りも年下の女。「まさか」そんなありきたりな三文字しか浮かばなかった。


人生とは因果なものである。結婚はちょうど十年前だった。夫とはいわゆる社内結婚で、夫からのアプローチで結婚するに至ったのだが、同時期に私は別の人から告白されていた。夫にも誰にも言っていないことである。

その人は十歳ほど年上だっただろうか、頭のいい人だった。夫とはまったく逆の組織に属さない自由人で、少し社会に対し斜に構えたところがあった。相談しがいのある人で、わたしはよく話をした。夫との出会いのことも話していたので、唯一の相談相手だったかもしれない。

まったく男女の関係ではなかったけれど、これほど好きでいてくれるのならもしかしたら本当の私をわかってくれるのかもしれないと、考えないこともなかった。けれど、結局私は安定を求めたのか、世間と折り合いをつけたのか、夫を選ぶことをその人に告げた。

彼はなかなか諦められないというほど私を好きになってくれていた。それでも私は夫を選び結婚した。

後悔しているわけではないけれど、それからは「夫は一生私のことを好きだろう」などと能天気にも信じ切って、つつがなく過ごしてきたわけで、油断していた私にはまさに晴天の霹靂だった。

結婚二年で長男が生まれ、その四年後に次男が生まれた。盤石の幸せを手に入れたつもりでいた。子供を産み育てるということは、無理やりにでも自分を抑えて大人になるしかないということだった。それのみにただ走ってきた十年弱だった。

でも、夫は知らないうちに別の世界を持っていた。

一日が過ぎ、二日が過ぎ。私はただ延々と考えていた。

何日かが過ぎていったある日の夜、夫に話してみることにした。そうするしかなかった。

夫は驚いたかもしれないが、事実を認めなかった。一切、そういうことはないと言い切るのみであった。

私はそれ以上追求することはしなかった。ある、ないという事実よりも大切なのは、今どう考えているかだと思った。

気づけば結婚して十年が経ち、夫とは男女の関係もなくなっていたのだった。仕事だか育児だか何だかわけのわからないものに魂をすり減らして、もしかしたらそれぞれが孤軍奮闘していたのかもしれない。

夫は「結婚して何年も経って、子供も生まれていろいろと気持ちも変わっていく。いつまでも恋人の気分ではいられない」というようなことを言った。

そんなものだったのだろうか。

私はぬるま湯のような関係に安住し、男女であることも意識しないようになっていたのだろう。結婚は永遠であるなどと幻想を抱いていたのかもしれない。

愚かなことに思えた。それは淋しいすれ違いだった。いつの間にか何か大切なものを失ったということだった。

ぼんやりとした不安は消えないままだったが、私はもう一度夫婦の関係を立て直していくことに決めた。夫を信じることにした。

子供たちはまだ幼く、そうすることが一番いいのだと思えた。けれどもそれはそれで、自分をすり減らしていく日々であったと思う。

それから半年が経った頃、突然夫の転勤が決まった。

彼女のいるところから離れる。私は少し安心した。

それから慌ただしく引っ越し先の家を決め、子供たちの転校の手続きをして新しい土地で心機一転暮らし始めた矢先、またもや衝撃が走る。漠然とした予感は当たってしまった。信じようとしていたものに見事に裏切られたのだった。

新幹線で二時間の距離で、夫は彼女との付き合いを続けていたのだった。二人は会える日を探していた。

血の気が引いていく。もう無理だと思った。

簡単に荷物をまとめ、子供たちを連れて家を出た。行き先は新幹線で三時間ほどの地元の街。子供たちは何も知らず無邪気なものである。

さて、家を出たはいいが、どこへ行く？

自分の実家だけは最初から帰るつもりはなかった。それだけは頑なに突っぱねた。どうしたって父や姉には話せない。心配するだろうし、妙なプライドがあった。となると、行けるところは夫の実家しかなかった。

こうして人に話せば、ずいぶんおかしな話だろう。でも子供たちを不安にさせないためには最善の策だったと思う。

事情を知った義理の実家は、温かく迎えてはくれた。私はきっと憔悴していたと思う。たった一泊二日の家出。けれどもただ話を聞いてもらうだけでも救われた。

夫からは何の連絡もなかった。

私は心底がっかりしていた。それでも子供たちの学校のことを考えると、翌日戻ってくるしかなかった。

私は夫と対面して、ストレートに追求することにした。これはいったいどういうことなのかと。

しぶしぶという感じで、夫は彼女とのことを「恋愛ごっこみたいなこと」だとごまかした。

さらにどういう関係かと問い詰めると、一線は超えていないと言う。そして自分を正当化するかのように、私が夫のことを構わないからだと言った。

その時愚かにも私は一瞬、自分が悪いのか、とも思ってしまった。このわけのわからない状況に心はすり減っていくばかりだった。

なぜこんなことになっているのだろう。気がつくと子供たちにも見せたくない姿を見せていた。心をすり減らす。思考の疲弊。疑心暗鬼。そういうマイナスのコストばかり圧し掛かる。正面から向き合うつもりでいたのだが、それは夫から受け止められることはなかった。

結局私はもう追求することをやめて、またやり直しの道を選んだ。きれいごとを言えば、子供たちを傷つけないために自分の心を捨てた。そういうことだった。

冷たいともいえる客観性で自分を見ている、もうひとりの自分がいた。そんな風に日々を回していけるのは、私の特性だったかもしれない。私には悪い意味で甘えが欠落していたのかもしれない。それでも夫の裏切りに対しての悲しみは、時々大波のように私を飲み込んだ。

結局その道が良かったのかどうかわからないけれど、夫も含め平和な家庭、の合言葉を胸に、また日々は過ぎていった。成長し、思春期になる子供たちの心身を心配し、悲しみ、喜び、一喜一憂する。長い年月が過ぎた。

それからが息子たちにとって最も大事な時期にさしかかるのだが、私はまたしても孤軍奮闘をすることになった。

地元にマイホームを構え、夫は単身赴任となった。

思春期を迎えるまでの子供たちとのたわいのない、同じ目線での遊びや会話は今でも一番楽しかった思い出と言える。ただただ子供たちのことを考えていた私は、少し変わった母親だったのかもしれない。

が、息子二人はまっすぐに育った。まっすぐすぎて生きづらいほど繊細でもあった。長男の高校受験から大学受験の時期は困難を極めた。とにかく勉強する気がないのでいつも冷や冷やしていた。言い合いにもなった。息子は息子なりに考えがあったのだろうが、気持ちは焦るばかりだった。それでも彼は大学受験を嘘のように突破し、大学入学と同時にアルバイトを始めた。

長男がやっと安定する頃、今度は次男である。明るく穏やかだった次男が思春期に入るやまったく話さなくなった。性格の変わりように周りも心配するほどだった。これが何年か後に爆発するわけだが、私はただ楽しい日々を過ごしてほしくて、笑っていてほしくて、見守ることしかできなかった。長男と違い次男はコツコツと勉強をする子供だった。高校では学年一位を取ると有言実行するほどだった。何か無理をしているようにも見えて、ひそかに相談室へ行ったりもしたが、明確な答えなど出るはずもなかった。

月一回帰ってくる夫とも、離れて暮らしている分、喧嘩することもないように、波風を立てないようにやっていくようになっていった。男女の感情もとうになくなって、ただこのまま目を伏せて息子たちの幸せだけを願い生きていくのかとも思い始めていた。

男女のものめごとなどまっぴらごめん。もう自分は年齢も重ねて、恋愛などというものには関係のない世界にいると思っていたのだが、そうはいかないのが私の人生だ。

人生とは因果なものである。ひっそり息をひそめて生きていたいのに、そうさせてはくれない。

運命の出会い

次男が大学生になる頃、私は一人のひとに出会った。

運命の人であった。

それは突然やってきた。その時はまだそんなことには気づいてもいなかった。

具体的には述べないが、私は仕事と家庭以外にとあるコミュニティの場を見つけていた。不思議な縁に導かれてたどり着いたそこは、温かな雰囲気の料理店だった。

何度目かに行った時にその人はいた。忙しく立ち働く姿は、私には厳しい人に見えた。私は隅でコーヒーを飲みながら、見るともなく彼を見ていた。

目線はいっさい合わなかった。後に聞いたことだが、彼にはその時私が光って見えたそうだ。


青空、のち自由。

私は横目で様子を伺いながら、距離を置いたままで時間が過ぎていった。彼にも見られていたとはつゆ知らず、私は彼と話をする機会もないだろうと帰るタイミングを読んでいた。

その時なぜか一斉に人が引いていき、ごく身内の人間だけが残された。もちろん私は初対面の人間であるから、早々に引き上げようと帰り支度をした。その時、彼は私の圏内に一歩踏み込んだ。しかし何だろう。穴のあくほど顔をじっと見つめている。何なのだろうこの人は。相当変わっているに違いない。

どうやら私の着ているものに言及しているらしい。顔に似合わないものを着ているとダメ出しをしている。

確かにいつも着ていないものを着てはいたけれど、ある意味失礼な人とも言える。でも話をするきっかけにはなっただろう。不思議と嫌なことはまったくなかった。

とても頭がいいひとなのだろう。たちまちその場の雰囲気を作って和ませていく。私に似合う色は白とか生成り色、うす紫だと言う。私はそんな風に具体的に言われたことがなかったので、そうなのかなと思う。まるで私の中の本質を見抜くように。

不思議な人だと思った。だいたい私のことをそんなに気に入るなんて、本当に変わっていると思った。

自分の纏う色。その日から私は意識するようになった。固く閉じていた瞼を少しずつ開けていくように。

しかし彼との始まりは、もっとずっとずっと後のことになる。


それから一年以上経っただろうか、それまで時々顔を合わせることはあったけれど、何せ彼はムードメーカーの人気者。そしてあの頭の良さである。常に周りには人がたかっていた。そんな中でも私のことは少し違う扱いをしてくれていた。そうそう距離は簡単には縮まらなかったし、尊敬はしても、まさか恋愛の対象には思えないまま時が過ぎた。

「一緒に食事できますか?」

そのフレーズにそこまで深い意味など考えなかったし、二人きりとも思っていなかったので、軽く、

「いいですよ」

と答える。

男女の変な意識はつゆほどもない。だって彼とはずいぶん年も離れていそうだし、だいたいにおいて秘密ごとなど縁のなさそうな明るい人気者だったから。でもそれは単なる私の勝手な思い込みであったのだが。

その日の夜の食事の場所は、静かで品のいい小料理屋だった。半分個室のようなテーブルに二人で向き合った時、これは何十年ぶりだろうか、結婚して以来初めての男の人との二人きりのデートなのだと瞬間悟った。

包み込むような温かいまなざしがそこにはあった。なんだか急に緊張してしまう。でも何を話せばいいのかという気まずさは皆無だった。なぜか最初からわかっていたかのように、何年も前からそんな風にしてきたかのようにそこに二人で座っていた。

頭の良さなのか並々ならぬ情熱からなのか、彼がよく話をしてくれたので助かったと思う。私は自分のことを話すのが苦手だし、無口だから。後で聞いた話では、デートに誘うのに、ものすごく勇気が要ったらしい。その時がきたら舞い上がってしまうほど嬉しかったそうだ。

一応私は家庭の主婦だったし、彼にもその時は一応家庭があった。離れて暮らしてはいたけれど。

終始和やかで優しい時間が流れた。

楽しくて、ときめきがあった。

人気者の彼が、本当は落ち着いた静かな優しい人だった。

心の中に温かいものが流れてくる。瞬く間に時間は過ぎて、食事は終わった。その頃には彼の本気が伝わってきた。そして私も彼にはっきりと惹かれていた。

これは困ったことになったと少し思った。どこかでコーヒーでも飲もうかということになり歩き始めたはいいが、その日に限ってどこにも喫茶店は見つからなかった。

私は、

「電車で帰りましょうか」

と提案した。あまり遅くもなりたくなかったし、少し一人になって考えたかった。

ＪＲの最寄り駅から私の家までは徒歩二十分。余韻を感じながらこの新しくやってきた気持ちを考えながら歩きたかった。

それぞれの駅で降りて別れ、帰路についた。この時の彼がどんな気持ちだったかまだ私にはわかるはずもなかった。

家に帰るとまだ八時そこそこだった。いい夜だった。しばらく雑用をしていると、ふいに電話が鳴った。彼だった。

「今日はとても楽しかった。ありがとう」

優しい声だった。すぐに私は答えた。

「私も楽しかったです」

これは何かが始まっていくという本当の初めの夜だった。楽しく食事をして、お互いに楽しいと感じられたら、それを良い思い出としてこれきりにするとか、いかようにもできたはずである。

私の体の中に透明な、どこまでも透明なつめたい水が流れ始めた。何かが動き始める。夏に向かう前の爽やかな季節だった。

突然のように彼は私の心に住み始めた。近くに住んでいるわけではないのでそうそうすぐに会える人でもなかったし、彼もこちらの生活を気遣ってか、しばらく連絡はなかった。自然に再会を待つ自分がいた。

一か月ほど経った夏の盛り、七夕の頃、その日はやってきた。二人きりではなかったが、いつものお店で再会した。

会うと話すまでもなく彼が会いたくてたまらなかった、という様子がわかり、嬉しかった。

「あの日は本当に楽しかった。素の自分でいられた気がしてね」

それは私も感じていた。いつも人に囲まれて周囲を明るくするけれど、本当の自分を他人に見せない人だとわかったから、とても嬉しかった。こんな私でもいてくれるだけでいいのだと言われている気がした。私はついつい言ってしまう。

「年、十六歳しか違わないんですね」

実はもっと年の離れた人と付き合ったことがあったので、そんな風に思ったことを言ってしまった。これはある意味告白とも取れる。しばらく話した後、

「今度はゆっくり京都でも」

ということになった。

京都は彼が学生時代を過ごし、よく知るところであったし、私は京都が好きだった。

その日はそれで別れたが、もう走り出してしまったのかもしれなかった。

京都旅行

お盆も過ぎた頃、夏の終わりに京都へ行くことになった。

何しろ忙しい人なのでなかなか予定も合わず、私の仕事が終わってから京都へ向かうことになった。阪急電車で行ける距離なのである。

ときめきと緊張のデートであった。

精いっぱいおしゃれして乗り込んだ。日差しはまだ暑い八月の京都であったが、少しだけもう秋の気配が漂っていた。

祇園の豆皿料理のお店で食事をした。ちょっと夢見る心地さえした。

そのあとは京都御所へ向かった。

タクシーから降りた時、

「手、つないでいいですか？」

ふいに温かな少し厚みのある手が私の手を引っ張った。

「あ……はい」

戸惑いが走った。どうしようかと思う間にもまたタクシーに戻り、そのまま下鴨神社の糺の森へ移動する。

糺の森は、いっしょに行こうと約束した場所であった。長い森の道を歩きながらしっかりと手は握られていた。

心は戸惑いでいっぱいだった。

手を握り返すでもなく、ただ引かれて歩いている女の子の気分だった。

私はこれからどこへ行くのだろう。少し心細くなる。景色が遠ざかって、家族の顔が一瞬浮かぶ。

歩きまわって日暮れまで過ごし、京都をひとり後にする。

青空、のち自由。

彼はずっと優しかったたし、お土産まで持たせてくれた。私はおとなしかったと思う。一人阪急電車の窓から夜景を眺める。何も知らない罪もない景色や人々がぼんやりと私の眼に映っていた。

澄んだ秋の冷たい空気と夏の名残の日差しが混じりあう京都の街を、美しい八月の一日を私はきっと忘れないだろう。

近づきたいのに逃げ出したい。二つの相反する感情がせめぎ合っている。背伸びをするわけではないけれど、独特の緊張感がいつもあった。彼の美意識と私の美意識が実はとてもよく似たところがあって、不思議と打ち合わせ無しにその空間を創り出しているようだった。

誰にもわからなくていい。わかってほしくもない。ただ彼の眼には私が美しく映ってほしいがために背筋が伸びた。無理をするでもなく自然体で彼は私の全てを肯定した。そのまま美しくありたかった。

おとなしかった私を心配して、彼から電話が入った。

「また誘ってもいいの？」

私の寡黙な態度は彼を不安にさせていた。

「もちろんです」

と答える。

どう表現すればいいのだろう。彼はまっすぐな気持ちで私に向かってきている。もう放ってはおけないと。

どう対応したらいいのだろう。私は彼のように言葉で表現する方法を持たなかった。今までの私が少し遠ざかっていく怖さがある。

私は少し遠くに住む彼に手紙を書くことにした。メールでも電話でもなく古典的な方法が彼にとても似合う気がした。

手紙を書くなんて何十年ぶりだろう。美しい便箋を買ってきて、さて何を書けばいいのだろう。拝啓、から始めるのか謹啓、から始めるのか。真面目にそんなことで悩んだ。文字はこんなのでいいのだろうか。彼はそんなことを考えさせる人でもあった。

そうして何とか書き上げた手紙をポストに投函する。それすらドキドキする。

しかしその頃彼は家から離れたところで仕事をしていたので、すぐに手紙を受け取ることができなかった。

その間にも彼から電話がかかってきたりもした。

私の長男が絵を描いていたので、その個展をしないかという、ちょっと事務的な話が続き何だか淋しくなった。その電話を切ったすぐ後にもう一度電話が鳴った。

今度はストレートな言葉が響く。

「会いたい」

一番聞きたい言葉だった。その一言がすべてだと思った。

嬉しかった。本心が伝わってきた。体の中から温かいものが湧き上がってくる。

「手紙書きました」

「しばらくしたら家に帰って必ず読むよ。それで返事を書くから」

こうして彼と私の「文通」が始まった。

書いて、書いて、送って、届いてまた書いて。彼らしく、手作りの便箋で何枚にもわたって、時には和紙に墨で書かれた巻物状の物もあった。今までのお互いが知らなかった人生の出来事を埋めるかのように彼はよく書き、また喋った。少しでも時間ができたら会いにきてくれた。それは慌ただしくも楽しい時間だった。コーヒーを飲みながら、語り合った。

こうして、夫には悪いが好きな人ができてしまった。と言っても文通とせいぜい手をつなぐだけの間柄だったが。浮気されたから仕返しをしてやろうなどという発想はこれっぽっちも本当になく、ここまで淡々とやってきた。そういう世界ではなかった。

彼とは出会ったのであった。

「このまま進んでいってもいいかな」

ある時彼が聞いた。後で笑い話になったけれど、私は、

「行くしかないでしょう」

と答えた。

後ろに戻ることなどできない。時々悩む私に彼はいつも言った。

「貴女は風を切っていってほしい。何も考えることはないよ。僕が考えるから。せっかくこれほど人を好きになったのに悩ませるために会ったわけじゃない」

何時間も二人で話をした。

季節はもうすっかり秋になっていた。紅く染まった落ち葉がはらはらと舞っていた。

忘れられない誕生日

彼は私と違ってかなり複雑な環境で育った人だった。

お父さんは事情があってほとんど家にいなかったそうだ。おばあちゃんも含めた大家族で、経済的に大変苦労をしたようだ。

国立大学に合格すると同時に家を出て一人暮らしを始めた。いわゆる団塊の世代で、学生運動の真っ只中に身を投じていたのだが、ある時、暴力では何も解決できないと悟り、その世界から離れて、歴史や文化を探求していくことに決めた。

しかし研究だけでは食べてはいけないのは当然だ。

そこで彼は料理の道に入り、修業をしてそれをひとつの仕事にした。結婚をして長らく奥さんとお店を営む傍ら、研究や活動を続けていた。そして60歳を過ぎた今は、若い頃から決めていたことで、一人で田舎に移住していた。

それを聞くだけでも私の生きてきた人生とはまるで正反対だ。凄く苦労して、でもすべてやりたいことだけを責任を持ってやり切って、今はとても自由である。

それでも私は自分のことを棚に上げて、こんな人と結婚までした人がいたのだと嫉妬してしまう。困ったことにそれは未だに消えない。

彼の方はそれよりももっと深く強い嫉妬だったそうだ。しかしそれを本気で語れる明るさが常にあった。本当の心の底の深さはわからないけれど、本心をすべて話せるので彼と喧嘩になったことは一度もない。人を本気で好きになることは苦しいことでもあった。

結局外から見れば、淡々と家庭生活と恋との二重奏の日々が続いていた。そんなある日、彼と息子二人が会う機会がやってきた。

ある大きな会場で長男の絵を片隅に展示してもらえることになったので一度お店に連れておいで、ということになった。彼は忙しい中時間を作ってこちらに来てくれることになっていた。考えてみれば大胆な話だったが、やましいことはないし、会わせてみたら面白いかもしれないと思い、次男も一緒に連れて行った。

何せ今までほとんど家にばかりいたお母さんがこんなお店に出入りしているなんて彼らは知る由もない。心臓が飛び出そうなほど緊張したが、私以上に人見知りの彼らの不安と緊張がひしひしと伝わってきた。

私は意を決し、ドアを開けた。

自然に彼と彼らは対面した。息子たちは普通に固まっている。無理もないだろう。彼の方はムードメーカーで経験豊富なので、すべてを委ねることにした。

気さくに話し始めるも、グラスを倒して水をこぼしてしまうあたり、彼も緊張していたのだろう。次男は、お母さん、こんなところに出入りしているの？　とでも言いたいような面持ちである。

少し場がほぐれてきたところで、突然彼が長男に尋ねた。

「ところでお母さんって普段は一体どういうお母さんなの？」

長男は面食らったように一瞬黙ってしまう。しばらくした後でポツリ、と呟いた。

「他のお母さんを知らないので相対的にわかりません」

なるほどそう言われればその通りである。しかし長男らしさ満開の答えであった。この受け答えを彼はいたく気に入って、未だに語り草である。そして料理も抜群に美味しいのを気に入ってくれたので、三回ほど息子たちを連れて行った。私は妙に居心地が悪いというか、不思議なものを見ているような変な気分だった。初対面から彼は息子たちのことを褒めてくれた。やっぱり貴女が育てた子だね、と良いように言ってくれるのは嬉しかった。それは孤軍奮闘でも余計なことをせず家にいて、彼らと過ごしてきたことはきっと活きていると思いたかった。

その初対面の日から二日ほどして、あまり時間はなかったがまた京都に行った。仕事を終えて午後から二人で向かった。紅葉がまだ始まる前の東福寺へ。ゆっくりと座って話をした。息子のこと、夫のことなど。初秋の暖かい日差しが降り注いでいる庭の前でふいに彼は真剣な面持ちで言った。

「可能性はまったくゼロではない?」

それはいつか夫と別れて彼と一緒になるという意味だった。

じっと彼の眼を見ながらゆっくりと言った。

「……あります」

なかば迫力負けのようだった。彼の思考はいつも私の一歩も二歩も先を行っていた。それでもいつも深く考えてからの発言であった。そんなことが本当にいつか起こるのだろうか。

京都の街は相変わらず美しく、着物姿の外国人がたくさん歩いている。私たち二人はどう見ても濃い仲の恋人に見えるのだろう。手をつないだことしかないのだけれど。

やがて秋の日は暮れていき、暗くなってしまった。

彼はどんどん歩いていく。どこへ向かっているのだろう。いつものように京都の思い出話をしながら歩き続ける。木屋町に小さな公園があり、ちょっと座ることになった。どう考えても不自然なのだが、彼はぽつぽつ話を続ける。

キスしようと思っているのかな。

でも結局時間だけが流れて、彼が観念したように立ち上がる。私たちはタクシーに乗って、京都駅まで行って別れた。

翌日、電話で話をした時に彼は白状した。やはり朝からキスしようと決意していたけれど実行できなかったそうだ。きっといつかもっといい時がやってくるよ。二人でそんな話をした。


それからしばらくしたある秋の日、電話で彼が話し出した。

「近いうちに久しぶりに家に帰って、奥さんと話をして籍を抜いて一人になるよ。でも絶対に貴女は同じようにしようと考えたらだめ。離婚はいろいろな自然の流れでそうなるだけのことで、僕はあなただけに向き合っていきたいから」

私は本当に驚いた。しばらく言葉が出なかった。

ずいぶん前から私のことは奥さんに話していたようだった。行動はいつも早い。光を見たとはこういうことだったのだ。もう戻れないのだと思った。

私も一人になって、そうすることができたら……。

でもいくら好きな人ができたからといって、今まで積み重ねてきた、自分を押し殺してまで築き上げた罪のない世界は、なかったことになどできない。そのことはいつも彼が話してくれた。やるべきことをやり切った彼とは私は違う。

彼の本気は痛いほど伝わった。ならば、どうしてこんな歳になってから会わせたのだろう。天を恨みそうになる。

夫が帰ってくるたび心は沈んだ。心は夫にはなく、ただ機械的に三日か四日家事をこなすことに何の意味があるのだろう。

考えてみれば、同じことを夫は思っていたのだろうか。好きな人がいた時。仕返しに私もしたいことをする、などと思うことはできなかった。考える私を見て彼は、

「両方を手玉にとればいい。貴女はそれができる女だよ」

と言った。

もちろん私にそんな器量はない。真面目すぎるのか白黒思考というのか。もう少しグラデーションがあってもいいのかもしれない。「中庸」という言葉を教わった。

それからまもなくして、彼は揉めることもなく独り身になった。この間にも彼の心

と体には疲労がだんだんと溜まっていったのかもしれない。

ようやく彼が一日休みを取ってくれて、朝から会える日ができた。それは私の誕生日だった。

せっかくの日、どこか行きたいところはないかと計画を委ねられた私が決めた行先は鳥取だった。もちろん日帰りの片道四時間の旅である。

何を考えていたのだろう。

朝早くに出発して、昼前には米子駅に着いた。

忙しすぎる日々に、彼の体はとても疲れているようだった。駅でレンタカーを借りて走り出すも、温泉に入りたいと言う。

たまたま日本海に面したところに日帰りの温泉施設があるようなので、そこへ向かうことにした。着いてみると本当に日本海がすぐそばに広がっていた。

車を停めて降りると、どちらからともなく海辺に向かって歩き出した。

よく晴れていて風が強く吹いていた。

どんどん歩いていく彼を追いかけるように付いていく。すると彼は立ち止まって振り返った。

優しく笑いながら、

「来てよかった？」

と聞くと同時にぐっと私を抱き寄せた。

二人の距離が一気に縮まった瞬間、ついに唇が重なった。

やはり温かい感触だった。強風の中、少し長いキスをして離れると、彼は少し寂しげともいえる表情で、

「いつか一緒に暮らそう」

と言った。滞在時間三時間ほどの日帰り旅行。二人でいろんな話をした。

一生忘れない誕生日を過ごした。いよいよこんなところまで来てしまった。


それからのち、彼は次の仕事場である地へと旅立ったが、時間を見つけては会いに来てくれた。つかの間の楽しいお茶の時間を過ごした。

年末にはまた京都へ行き、湯豆腐を食べた。誰もいないお寺の縁側でそっとキスを

した。

その日二人は大きな虹を見た。一瞬で消えてしまったが、綺麗な虹だった。

やがて年は暮れていき、離れ離れにならざるを得ない年末年始がやってきた。心は沈んでいく。どれだけ長く感じただろう。一週間が過ぎてようやく彼の声を聞いた時、彼らしくない元気のない声だった。

体調を崩したらしい。そして精神状態も良くなかったという。いろいろなことが重なって疲労がピークを越えてしまったのだろう。

年が明けたら間もなく大きな会場で彼がプロデュースする個展があり、息子を連れて絵を飾り付けに行く予定になっていた。心配しながらも新幹線で会場へ向かい、電車とタクシーを乗り継いで現地に着く。

そこにいた彼は全く別人のように憔悴していた。顔色が悪く、痩せていていつものようなみなぎる気力が全く感じられなかった。

ショックを受けた。

戸惑いながらも息子と絵を額に入れて静かに飾り付け、終わると息子は帰っていった。空気を読んでいるというよりは、マイペースすぎる息子らしい行動だった。

何の罪もなくやるべきことを淡々とこなす息子の様子を、ふらふらになりながらも彼は見に来てくれた。朝から雨も降っていて、心が重く沈んでいく。

どうしてこんなことになってしまったのだろう。

どうしてこんなになるまで疲れさせてしまったのだろう。

彼のことが心配でたまらない。私はせっかくの遠出なので一泊する予定にしていた。すぐに予約してもらったホテルにチェックインして、彼に横になってもらう。

呼吸が苦しそうに感じる。じっとそばにいて時々彼がポツリ、ポツリと話をする。こういう時はどうすればいいのだろう。彼は病院嫌いで通っていたので、この時は病院へ行ってくださいとも言えずにいた。

彼は眠り続け、刻々と夜は更けていった。

突然夜中に彼が目を覚まし、アイスクリームが食べたいと言う。この日は何も食べていなかった。

元気になってくれるならとコンビニに買いに行こうとすると、彼も一緒に行くという。ふらふらする彼を支えながら小雨の降る中を歩いた。

彼が、

「あなたと最初に結婚したかった」

とつぶやいた。

そのアイスクリームにもほとんど手を付けずに、またベッドに横たわる。

私も少し眠っていたらしい。どれくらい時間が経ったのだろう、朝になって、彼が浴槽にお湯を入れていた。

相変わらず顔色は悪かったが、人も来るし、二日目の予定をこなさなければならない。まだ雨の降り続く中、タクシーで会場へ向かう。この時のことを彼はほとんど覚えていないらしい。やはり少し動いただけで息切れしているし、少しも良くならない。何とか接客をこなして会場を後にして、またホテルの部屋に戻り、倒れこむようにベッドに横になる。

この日は私も家に帰らなければならなかった。

心配だったが、次の仕事先で待つ彼の秘書にすべてを託して、後ろ髪を引かれながら彼を置いて出発した。

翌日彼から連絡はあったものの、気力で何とか乗り切っている様子だった。それからしばらく連絡が途絶えた。

毎日毎日心配して、悲しくなって涙が出た。

もしかしたらあのまま死んでしまって二度と会えないのではないだろうか。

何かついこの間までの彼との日々が美しい幻となって消えていくような気がして、不安と悲しみでいっぱいだった。大げさな話ではなく彼は死の淵にいたのだった。


三日ほどが過ぎて、ようやく彼から連絡が入った。重度の肺炎で入院したという。

肺が真っ白になっていて、放っておいたら本当に死ぬところだったらしかった。頑張って治療するから待っていて、と言った。

電話を切った後で思い切り泣いてしまった。

彼が元気でいてさえくれたらいい。

自分の寿命が縮まったっていい。その代わりに彼に生きていて欲しいと本気で私は青空、のち自由。

神に祈った。

苦しい治療だったと思う。約一か月半に及ぶ入院生活だった。本気で元気になりたいと、病院嫌いでも医者の言うことを聞いているらしかった。

遠く離れているので手紙をたくさん書いた。彼も病床で書ける時は書いてくれた。

会いたい、といつも書かれていた。

もう一度、元気になってまた楽しい時間を過ごしたい。コーヒーを飲みながらお喋りしたい。

ひとりで考える時間はたっぷりあった。

一人でコーヒーを飲む時いつも彼を思った。

調子が良くなったと聞くと、本当に舞い上がるほど嬉しかった。退院したら、京都で会おうと約束し、ひたすらその日を待っていた。

やがて、冬が終わり春の陽差しを感じられる頃、彼は退院した。

死の淵からの再会

ついに再会の日がやってきた。

京都駅0番線のホームで会おうと決めていた。

ちょうどその頃、世の中には新型コロナウイルス感染症が拡がり始めていた。

ドキドキしながら京都駅のホームに降り立って彼の姿を探す。すると、え？　彼かな？　一瞬通り過ぎそうになるほどにふっくらとした彼が立っていた。彼はそれが嫌で、とても気にしているようだった。それだけきつい薬を飲んでいたということだった。

驚いたけれど、私はそれ以上に前のような元気な彼に戻ってくれたのがただただ嬉しかった。

京大前の進々堂から京都御所を抜けて寺町通まで。退院後の病み上がりだというのにずっと二人で話しながら歩いた。食事はちょっと贅沢をしてすき焼きのお店に連れて行ってくれた。また二人で美味しくご飯を食べられることが本当に嬉しかった。彼は変わっていなかった。少しも変わらない優しい彼だった。

前は話さなかったかもしれない夫の話もしたし、彼は優しく聞いてくれた。

これからが始まりなのだという二〇二〇年の春。コロナの世界の始まりでもあった。三月の初めにしては暖かすぎる京都の街であった。

貴女は面白い、かっこいい、いい女だといつも言ってくれるのだけれど、果たして本当にそうなのだろうか。頭で考えているばかりで行動できていないし、上手く自分の気持ちを話すことも甘えることも苦手である。それでも貴女がいい、と言ってくれた。

平凡な主婦で母親。パートで働いている庶民である。狭い世界の中のそのまた狭い檻の中で目を伏せるように生きてきた。こんな自分に何ができるのか。人とは違う才能があるのだろうか。ひそやかに目を伏せたままで生きていく方がずっと楽かもしれない。だけど本来の私には何者にもなれる自由があるはずだった。そんな自由な時代に彼と会いたかったと思うけれど、こんな時代に出会った意味はなんなのだろう。

その後、彼はまた遠くの新しい場所で仕事を再開した。

今度はしばらく戻れないので、また文通が始まった。会えないので手紙と電話とメールが心のよりどころだった。

ある時からは宅急便で本を届けてくれることになった。それに手紙を添えれば翌日には届く。私の仕事の休みに合わせて本と手紙が定期便のように届くようになった。

そのやり取りは彼が帰ってくるまで途切れずに続いた。

この期間はとても大事な日々だったのかもしれない。

手紙の内容も変わってきた。もっと身近に感じられるようになっていった。

コロナが世間を騒がせていた。緊急事態宣言などもあって夫は約四か月帰って来なかった。その間思い切り手紙やメールのやり取りをした。

精神的なやり取りをしながらいつか大人の関係に進展して行く予感をはらんでいた。

やがて六月になり、最初の食事から一年が過ぎた。

なんと濃い一年であったか。ここまで来たのだと思った。

六月の終わり、仕事場から彼が帰って来ると同時期に夫が帰省することになった。憂鬱でしかたがなかった。できれば消えてしまいたい、とさえ思った。自分を守り、変化を恐れ、狭い世界の中で生きていれば当事者になることはなかっただろう。だけどもう傍観者ではいられなかった。愛することを選んだなら、それなりの覚悟を持って生きなければならなかった。

家へと帰る道のりは重い。毎日のように送りあったメールもできない。

一言だけメールをください、と彼にメールを送る。しばらくして、大丈夫ですか、と返信が来る。これで何とか気持ちを切り替えた。

大丈夫、なんということはない。いつも通り、普段通りに風を切りやり過ごすことにしよう。しんどかったがそうするしかなかった。

四日ぶりに彼に連絡をすると、元気な声で応えてくれた。しかし長い四日間、妄想とわけのわからない嫉妬で苦しかったという。

嫉妬の苦しさは痛いほどわかる。彼は私を責めるでもなく、不機嫌になるわけでもなく話をしてくれた。

こんなことがこれからも繰り返されていくのだろう。夫に「別れてほしい」そう言えたら楽になるだろう。しかしそう言えるほどには私は結婚生活を中途半端にしか生きていないのではないだろうか。本当の話ができない。

そんな中、彼が片道四時間かけて車を走らせて会いに来てくれた。

とても久しぶりの再会だった。木で作った本棚を持ってきてくれたのだった。それは簡単な設計図を描いて私がお願いしていたものだった。本を収めるとそれはすぐにいっぱいになってしまった。

もともと本は好きだったが、彼と付き合うようになって読書量がぐんと増えた。

本にまつわる話では不思議なこともあった。初めて送ってくれた本が白洲正子だったのだが、それは偶然母が死ぬ間際まで愛読していたものであった。もしかしたら母の知り合いなのかと聞いたくらい、不思議と重なるものがあった。それが二人の奇妙とも言える親近感の秘密なのかもしれない。

やがて夏がやってきた。二度目の夏であった。

七月半ばのある日、ゆっくりと二人で過ごす時間を作った。と言っても一日半ほどのつかの間の休日。その時にとうとう彼と結ばれた。それは二人ならではの独特の時間だった。一日中二人は離れずに話したり抱き合ったりして過ごした。お互いのことをたくさん話した。

こんなにいい時間を過ごすことができるなんて信じられなかった。この一線を越えると何かを失いそうで少し怖かったからだ。

失うどころか、今までの二人よりももっといい状態になることができた。

何も失われはしなかった。今まで経験したことのない時間だった。

秘密の鍵はよりもっと強固なものにしなければならない。そしてそれを続けていける自信が二人にはあった。

いつか一緒に暮らせるかもしれないし、この秘密の関係のままで死んでしまうかもしれない。それでもずっと共に生きていきたかった。

時を同じくして、私の周りでもいろいろなことが起きた。次男の反乱である。

突然家を出たいと言い出した。

彼は家から通える大学に行っていたが、二年目からはコロナでめちゃくちゃになってしまった。それは他の学生にとっても同じ条件だったので次男の心が弱かったとも言えるのだが、もともとストレスが多かったところへいろいろな要因が重なって折れてしまったのだった。

十年前のことにまで遡り、親の勝手で家を買い、引っ越しをさせられたことを恨んでいるようだった。子供っぽいと言えばそれまでだが、彼らの意見を尊重せずにここまで来たことは事実だった。彼らにとっては重大なことだったかもしれない。

この家で暮らすのは嫌なので一人暮らしをしたいという。彼なりの無理やりの理由付けだったかもしれないが、無視することはできなかった。夫とも話をしたが、学生でお金がないこともあり一人暮らしの許可は下りなかった。

しかし、次男は黙って家出してしまった。

強行突破だった。自殺までほのめかし、連絡もつかない。ようやくつながった電話では遠くに行ってしまうような声で、もしかしたら本気なのかもしれないと焦燥感に駆られる。また連絡は途切れた。

途方に暮れた私は彼にも相談した。子供たちのことはよく聞いてもらっていたからだ。

「とにかく大丈夫だから連絡し続けるように。何かあったらいつでも言ってきて」

ということで、一晩、眠れぬ夜を過ごした。

朝になってようやく次男からメールがきた。今日帰る、と。本当に安堵した。

彼もほっとしていた。

また家族会議をする必要があった。夜に長男も交えて単身赴任の夫とオンラインで話し合いをした。どうしてもこの家で暮らすのが嫌だと言う。

次男を見ていてわからないでもなかった。小さい時から手のかからないいい子で、私も家族たちも彼に甘えていたのかもしれない。

昔から難しい子供だった長男は、いつも何かにつけて父親に怒られていた。親子でもそりが合わないということがある。今でこそもう衝突することもなくなったが、それをいつも見ていた次男は父親のことを許せなかったのだろう。かなり理不尽な怒られ方もしていたから。

彼の決意は固かった。その許せない父親にお金を借りての、理論上はあり得ない一人暮らしの許可がおりたのだった。

こうして次男は家を出ることになった。とは言っても彼はまだ精神的に不安定だったし、成人したと言ってもまだまだ子供であった。

この次男のことが、家族の中に少しずつ変化をもたらしていくような気がした。今後息子たちのことはもう、見守る以外ないと思った。苦しい時は助けて、支えるためだけに存在しよう。批判したり詰め寄ったりすることはもう何もない。

私に普通の主婦は似合わない、と彼はいつも言うのだった。そして私に自立の道をいつも考えてくれた。

私も夫に扶養される身ではなく、一本立ちがしたかった。どうしてこの社会は主婦がお金を稼いではいけないようなシステムになっているのだろう。それどころか、このコロナ禍で仕事を失い、配偶者から迫害されている女性も多いという。

経済的な理由だけで支配下におかれているようで窮屈に感じる。実際夫の言い分はいつも専業主婦になど価値無し、だった。

そんな考えはおかしいのではないか。子供を育て、家を守る人がいるから夫たちは仕事に打ち込めるのではないか。しかしこの社会は、何百年と変わらないままだった。新しい時代とか言うけれど、私にはそれがやって来るとは思えなかった。

この家にいる限り路頭に迷うことはないし、家賃も払う必要はない。結局は支配下にいるのではないか。

でも共に人生を生きていくということは、どちらが多く稼いでいるとか家事の負担がどうとか、上下や優劣を競うものではないはずだ。私は、自分の収入を増やすようにして、光熱費や自分の携帯代、新聞代を払うことにした。食費は働きだしてから自分で払っていたので、さらに負担は増えたが心は少し自由になった。毎日の家事も少しずつ負担を減らしていけたらなおいいだろう。

自由に羽ばたく準備だった。二人の息子を自立させたら私も主婦を卒業する。そう思うことは許されていいはずだった。

主婦としてこの家で余生を送るということに魅力は一切感じられない。息子のことだけは彼に発破をかけられる。

「お母さんとして息子の自立のための最後の一押しをしてあげなくてはならないよ、あの子たちにはあなたが必要だし、それができるのはあなたしかいないから」

確かに私がやり切っていないのはそういう濃いかかわり方だった。立ち入らないのが美学、というより悪く言えば希薄すぎるのだった。

私が変わることで彼らにもいい影響を与えられたら。思い切って、見たこともないお母さんを見せてみたら何か変わるかもしれない。すべて苦手なことだったけれど、私にしかできないことなのだ。それを気づかせるために彼は現れたのかもしれない。

青い空を見上げて

秘密の恋を続けながらまた月日は流れた。

三度目の春を迎えた頃、彼と私とごく内輪の人間で小さな出版社を立ち上げることになった。なぜ出版社なのかというと、彼はかつてある雑誌を作った経験があり、歴史や文化の研究を続けていることもあって、多少のノウハウがあるためだった。

ただ、彼以外のメンバーは女性だけで、出版のことなど右も左もわからない素人ばかりだった。マーケティングをしながらあらゆることを考え試行錯誤して、地元の歴史や日本の伝統と文化をもう一度見直し深く追っていくような雑誌を創ろうということになった。よくあるような本では意味がないし、どこにもない切り口でいいものを創りたかった。

口で言うほど簡単なことではなく、もちろん資金のことが大きくのしかかる。そこは奇跡的に起業の補助金を受けることができたので幸運だった。

今時雑誌という媒体に価値があるのだろうか。それでも私たちは言葉にこだわり、紙の媒体にこだわりたかった。夏じゅう右往左往しながら何とか秋には創刊準備号を発行することができた。離れていくメンバーももちろんいた。

本当の少数精鋭で私はライター、イラストレーター、校正と何役もこなさねばならなかったが、出来上がっていく過程はなかなか楽しかった。彼との秘密の付き合いだけでなく仕事も一緒にできるようになった。

しかしお金を生み出すようになるまではなかなか難儀な道のりだ。私はパートを続けながら編集部に通っている。道楽でやっているわけではないので、同時に便利屋も立ち上げて、すぐに現金が入るシステムを考える。

すべては彼の頭の中で考えたことだった。なんとか軌道に乗せるまで走り続けなければならない。

私はこの年になって文章を書いたり絵を描いたりするなど考えてもみなかった。予測もしない新しい自分が動き始める。意外と私は書くことが好きだったのだと気づく。本を印刷してくれる会社を探し、予算を当初よりも低く抑えることができた。緑の葉が紅く色づき始めた秋の日に、私たちの雑誌の創刊準備号が刷り上がった。一緒に何かを創り上げよう。最後の仕事になるかもしれないが何かは残すことができるだろう。彼となら、ただの恋人同士以上に、誰も行けなかったところまで行ってみたい。そして息子たちを社会へと送り出す最後の仕事にもフィニッシュが打てたら。少しはかっこいいお母さんになれるかもしれない。

青空、のち自由。

出版社を立ち上げ、粗削りだが雑誌をどうにか形にはした。まだまだ発展途上である。立ちはだかる壁もまた乗り越えなくてはならない。先の見えない冒険が始まった。

季節はまた巡り冬になった。今日も彼と私はカフェで向かい合ってコーヒーを飲む。

「優しい時間を過ごそうね」

これがいつもの合言葉だ。

私たちは今まで喧嘩をしたことがない。三年も経つといろいろあるものだが皆無である。まるで兄妹のような気さえする時がある。

もしかしたら何度目かの輪廻転生の中でのめぐり逢いなのかもしれない。

人を愛するということを教えてくれた人。小さな世界から手を引っ張って連れ出してくれた人。もう少しもう少しこのまま優しい時間をください。

煙草の細い煙がゆっくりと流れてゆく。それをライトが上から照らし、まるで紫色の細い影が広げた紙面に漂っているようだ。私はそれをとても綺麗だと思った。

人生を彩るいろいろな出会い、出来事。思い描いた夢。思い通りにいかない人生。

そしてもう一つの人生を考える。そこでは私は結婚もせず好きなことをして、世界中を旅していたかもしれない。もしかしたらあの時の彼と結婚していたら。まったく別の人生になって彼とも出会っていないだろう。

そんなふうに考えると、出会いはとても細くて薄いかすみのような不思議な世界である。どうしてあの時導かれるように彼のいるところへ行ったのかもわからない。

安定さえしていれば、刺激的な事件はなくても平穏な人生を送れるだろう。でもいずれは死んでしまうし消えてなくなってしまう私たちの全て。

では何のために生まれてきたのだろう。この感性は、肉体は。何のためにあるのだろう。誰かに決められた色に染まり、いつの間にか感性もなくなり、この肉体も老いていく、なんてことは絶対にあってはならないはずである。

風、風を感じて。風に吹かれて。悲しいことも淋しいこともなんてことないよって顔をして、この混沌とした世の中で私は老いないように、心だけは老いないように輝いていきたい。

私には違う人生もあったかもしれないなんて、人生が終わる時に悔やみながら思い青空、のち自由。

たくはない。心の中ではどんなに夢をみたって誰も文句は言わないだろう。年齢で全てを決められたくはない。自分の深いところの感性なんて子供の頃からずっと変わらないのではないか。そういうものだと思う。

私はどんどん歩いていく。その世界では、戦争や、感染症や格差や悲しみ、喜び、流行りすたり、恋や裏切りや優しさや、そして美しいものや、きらめきがあって、私の横を通り過ぎる。最後に何か美しいものが残ればそれでいいのかもしれない。

私はどんどん歩いていく。

風を切って歩いていく。

この青い空がいつか「すべて自分だけのものだよ」って心から言える本当の自由を手に入れるまで。

著者プロフィール
森水　唯（もりみず　ゆい）
兵庫県神戸市生まれ
武庫川女子大学短期大学部 国文科卒
趣味は読書、散歩、野球観戦

青空、のち自由。

2023年10月15日　初版第１刷発行

著　者　森水 唯
発行者　瓜谷 綱延
発行所　株式会社文芸社
〒160-0022　東京都新宿区新宿1－10－1
電話　03-5369-3060（代表）
03-5369-2299（販売）

印刷所　図書印刷株式会社

ISBN978-4-286-24162-3